KB185951

9791190408141

목차

Oct

Sun	Mon	Tue	Wed	Thu	Fri	Sat

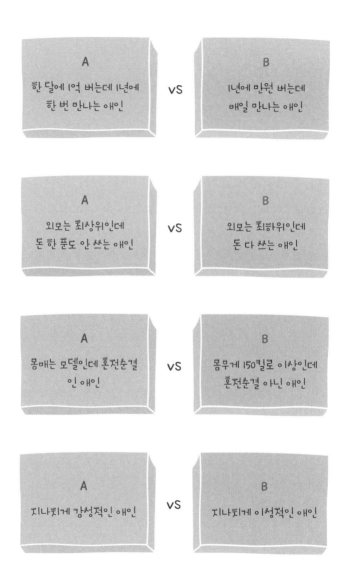

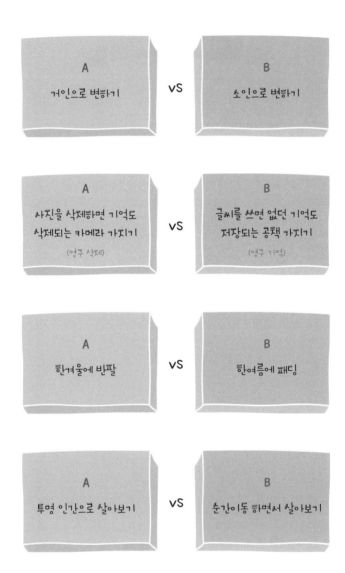

A		B
거인으로 변하기	vs	소인으로 변하기
사진을 삭제하면 기억도 삭제되는 카메라 가지기 (영구 삭제)	vs	글씨를 쓰면 없던 기억도 저장되는 공책 가지기 (영구 기억)
한겨울에 반팔	vs	한여름에 패딩
투명 인간으로 살아보기	vs	순간이동 하면서 살아보기

우리의 MBTI 성격유형은?

(해당란에 체크해보세요.)

예시

= ENFJ

(동그라미로 표시해보세요.)

Q. 이 중에 더 나은 것은

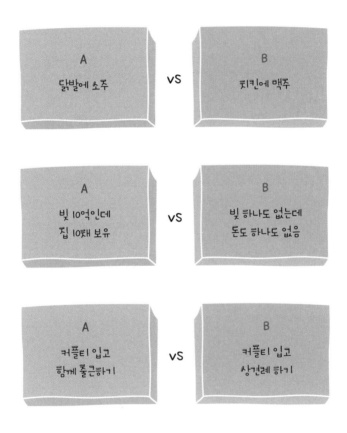

A	vs	B
닭발에 소주		칫킨에 맥주
A	vs	B
빚 10억인데 집 10채 보유		빚 하나도 없는데 돈도 하나도 없음
A	vs	B
커플티 입고 함께 출근하기		커플티 입고 상견례 하기

그여자
그남자
탐구 생활

펴 낸 날   2021년 2월 25일 초판 1쇄

지 은 이   주서윤
펴 낸 이   박지민
책임편집   주서윤
책임미술   롬 디
일러스트   민 선
마 케 팅   박종천, 박지환

펴 낸 곳   모모북스
           서울특별시 동대문구 왕산로81, 203-1호(두산베어스 타워)
           전화 010-5297-8303 팩스 02-6013-8303
           등록번호 2019년 03월 21일 제2019-000010호
           e-mail pj1419@naver.com

ISBN 979-11-90408-14-1 04800

- 책값은 뒤표지에 있습니다.
- 잘못된 책은 구매하신 곳에서 교환해드립니다.
- 모모북스에서는 여러분의 소중한 원고를 기다립니다.
  투고처: momo14books@naver.com

사랑하는 _____에게

마음을 담아 이 책을 바칩니다.

년   월   일

그여자
그남자
탐구 생활

연인을 위한 연애 백문백답

그여자
그남자
탐구 생활

주서윤 지음

모모
북스

목차

1   커플 다이어리   015

2   서로 다른 너와 나   032

3   우리의 아름다운 추억들   042

4   상상의 나래를 펼쳐보자   062

5   두근두근, 생각만 해도   071

6   갈등과 화해의 순간들   085

7   그 누구보다 특별한 우리   102

8   그중에 제일은 사랑이라   118

서로 다른 너와 내가 만난 건,
정말 큰 행운이야.

1 더하기 1이 2가 되는 것처럼,
너와 내가 만나 '우리'가 됐어.

우리의 이야기, 한번 들어볼래?

나의 프로필

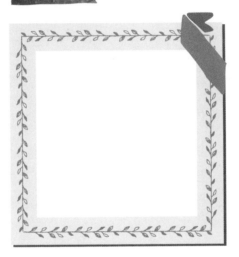

이름 :

나이 :

혈액형 :

생일 :

너의 프로필

이름 :

나이 :

혈액형 :

생일 :

나의 뇌구조는

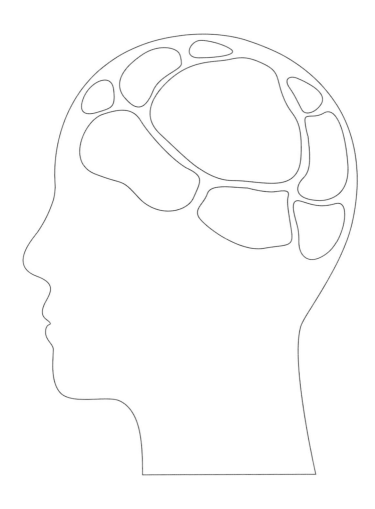

너의 뇌구조는

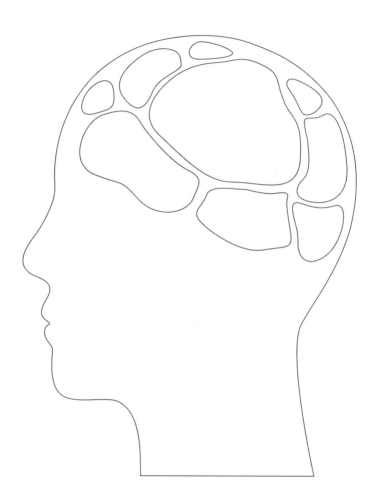

지난 1년 동안 우리는 무엇을 했을까?

우리만의 커플 다이어리!

(무슨 데이트를 했는지, 어떤 사건이 있었는지를 기록해보세요.)

――――――――――― ♡ ―――――――――――

Jan

Sun	Mon	Tue	Wed	Thu	Fri	Sat

Feb

Sun	Mon	Tue	Wed	Thu	Fri	Sat

Mar

Sun	Mon	Tue	Wed	Thu	Fri	Sat

Apr

Sun	Mon	Tue	Wed	Thu	Fri	Sat

May

Sun	Mon	Tue	Wed	Thu	Fri	Sat

Jun

Sun	Mon	Tue	Wed	Thu	Fri	Sat

Jul

Sun	Mon	Tue	Wed	Thu	Fri	Sat

Aug

Sun	Mon	Tue	Wed	Thu	Fri	Sat

Sep

Sun	Mon	Tue	Wed	Thu	Fri	Sat

Oct

Sun	Mon	Tue	wed	Thu	Frî	Sat

Nov

Sun	Mon	Tue	Wed	Thu	Fri	Sat

Dec

Sun	Mon	Tue	Wed	Thu	Fri	Sat

1월 중 가장 행복했던 순간은

2월 중 가장 기억에 남는 사건은

3월 중 가장 낭만적이었던 순간은

4월 중 가장 재밌었던 순간은

_____

_____

_____

5월 중 가장 행복했던 순간은

_____

_____

_____

6월 중 가장 기억에 남는 사건은

_____

_____

_____

7월 중 가장 낭만적이었던 순간은

_____

_____

_____

8월 중 가장 재밌었던 순간은

_____

_____

_____

9월 중 가장 아름다웠던 순간은

_____

_____

_____

10월 중 가장 기억에 남는 말은

_____

_____

_____

11월 중 가장 로맨틱했던 순간은

_____

_____

_____

12월 중 우리가 가장 예뻤던 순간은

_____

_____

_____

서로 다른 너와 나

내가 널 부르는 애칭은 ＿＿＿＿＿＿＿

네가 날 부르는 애칭은 ＿＿＿＿＿＿＿

내가 너에게 가장 많이 하는 말은

＿＿＿＿＿＿＿＿＿＿＿＿＿＿＿＿＿＿＿＿＿

네가 나에게 가장 많이 하는 말은

＿＿＿＿＿＿＿＿＿＿＿＿＿＿＿＿＿＿＿＿＿

나를 과목으로 비유하자면

☐ 국어　　☐ 영어　　☐ 미술

☐ 수학　　☐ 과학　　☐ 국사

☐ 음악　　☐ 체육　　☐ 도덕

이유는

너를 과목으로 비유하자면

☐ 국어　　☐ 영어　　☐ 미술

☐ 수학　　☐ 과학　　☐ 국사

☐ 음악　　☐ 체육　　☐ 도덕

이유는

내가 연애 상대를 볼 때 가장 중요하게 보는 부분은

(중요한 순서대로 번호를 적어보세요.)

_____ 외모

_____ 몸매

_____ 성격

_____ 능력

_____ 체력

_____ 인성

_____ 가치관&철학

우리를 표현하는 단어 3가지는

나 1. _____   너 1. _____

    2. _____   2. _____

    3. _____   3. _____

너와 나 체크리스트

	너	나
육식주의자	☐	☐
채식주의자	☐	☐
외향적인 사람	☐	☐
내향적인 사람	☐	☐
휴일엔 집에서 뒹굴뒹굴 하기	☐	☐
밖에서 나가서 놀기	☐	☐
현재 즐기는 게 가장 중요해	☐	☐
미래를 대비하는 게 가장 중요해	☐	☐

순발력 갑! 벼락치기형	☐	☐
철두철미! 계획형	☐	☐
고양이가 좋아	☐	☐
강아지가 좋아	☐	☐
상상력이 풍부한 사람	☐	☐
현실적인 사람	☐	☐
감성적인	☐	☐
이성적인	☐	☐

커플 밸런스 게임

(동그라미로 표시해보세요.)

Q. 이 중에 그나마 더 나은 사람은

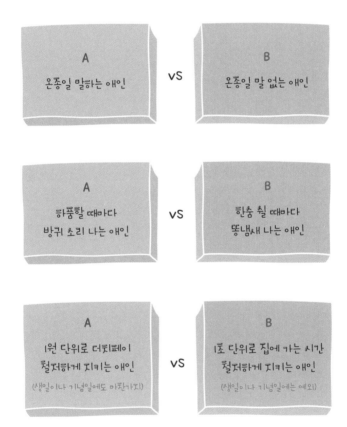

A		B
온종일 말하는 애인	vs	온종일 말 없는 애인
A		B
방귀할 때마다 방귀 소리 나는 애인	vs	한숨 쉴 때마다 똥냄새 나는 애인
A		B
1원 단위로 더치페이 철저하게 지키는 애인 (생일이나 기념일에도 마찬가지)	vs	1초 단위로 집에 가는 시간 철저하게 지키는 애인 (생일이나 기념일에는 예외)

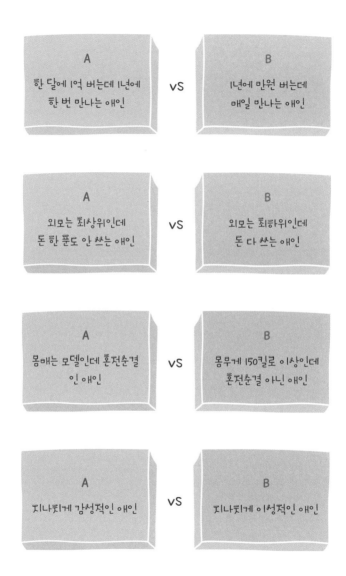

A
한 달에 1억 버는데 1년에
한 번 만나는 애인

vs

B
1년에 만원 버는데
매일 만나는 애인

A
외모는 최상위인데
돈 한 푼도 안 쓰는 애인

vs

B
외모는 최하위인데
돈 다 쓰는 애인

A
몸매는 모델인데 혼전순결
인 애인

vs

B
몸무게 150킬로 이상인데
혼전순결 아닌 애인

A
지나치게 감성적인 애인

vs

B
지나치게 이성적인 애인

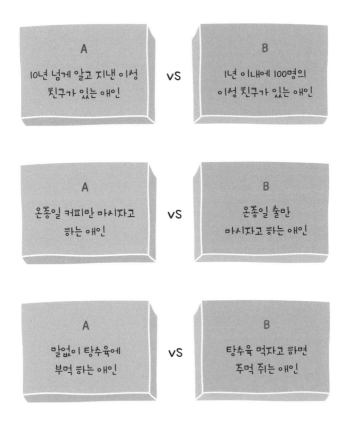

A
10년 넘게 알고 지낸 이성 친구가 있는 애인

vs

B
1년 이내에 100명의 이성 친구가 있는 애인

A
온종일 커피만 마시자고 하는 애인

vs

B
온종일 술만 마시자고 하는 애인

A
말없이 탕수육에 부먹 하는 애인

vs

B
탕수육 먹자고 하면 주먹 쥐는 애인

쉬어가는 Time!

세상에서 가장 맛있는 술은?

(   )

뱀이 불에 타면?

(   )

뽑으면 우는 식물은?

(   )

칼이 정색하면?

(   )

오리를 생으로 먹으면?

(   )

햄버거의 색깔은?

(   )

답: 입술, 뱀파이어, 우엉, 검정색, 회오리, 버건디

우리의 소중하고 아름다운 추억들

―――――――― ♡ ――――――――

우리가 함께 먹었던 음식들은

☐ 해물파전	☐ 칼국수	☐ 비빔밥
☐ 쌀국수	☐ 치킨	☐ 피자
☐ 짜장면	☐ 짬뽕	☐ 깐풍기
☐ 라면	☐ 초밥	☐ 탕수육
☐ 우동	☐ 카레	☐ 찜닭
☐ 볶음밥	☐ 돈가스	☐ 죽
☐ 수육	☐ 빵	☐ 라자냐
☐ 김치전	☐ 매운탕	☐ 회
☐ 삼겹살	☐ 소고기	☐ 김밥
☐ 냉면	☐ 파스타	☐ 곱창
☐ 닭발	☐ 돼지껍질	☐ 족발
☐ 오돌뼈	☐ 감자탕	☐ 순대국밥
☐ 콩나물국밥	☐ 해장국	☐ 오므라이스
☐ 잡채	☐ 햄버거	☐ 샌드위치

그 이외 먹고 싶은 것은

추억의 영수증

(먹었던 음식의 영수증을 붙여보세요)

너에게 해주고 싶은 요리 3가지는

1. _____

2. _____

3. _____

우리가 함께 갔던 장소들은

☐ 놀이동산   ☐ 대학로   ☐ 영화관

☐ 공원   ☐ 한강   ☐ 백화점

☐ 레스토랑   ☐ 포장마차   ☐ 아쿠아리움

☐ 남산타워   ☐ 바다   ☐ 산

☐ 동물원   ☐ 미술관   ☐ 강남

☐ 서점   ☐ 카페   ☐ 식물원

☐ 꽃가게   ☐ 자동차극장   ☐ 경복궁

☐ 창덕궁   ☐ 창경궁   ☐ 경희궁

☐ 명동   ☐ PC방   ☐ 노래방

☐ 3D체험관   ☐ 만화카페   ☐ 타로카페

☐ 볼링장   ☐ 당구장   ☐ 운동장

☐ 공연장   ☐ 사진관   ☐ 마트

☐ 펜션   ☐ 방탈출카페   ☐ 마사지샵

☐ 공방   ☐ 사격장   ☐ 양궁 카페

☐ 야구장   ☐ 파티룸   ☐ 보드게임카페

☐ 소품 샵   ☐ 퍼즐카페   ☐ 재래시장

☐ 클럽   ☐ 박물관   ☐ 아이스링크

그 이외 가고 싶은 곳은

우리만의 단골 가게는

해보고 싶은 특별한 데이트는

☐ 무전여행   ☐ 코스프레   ☐ 기차여행

☐ 국토대장정   ☐ 락페스티벌   ☐ 스노클링

☐ 패러글라이딩   ☐ 호캉스   ☐ 천문대에서 별 보기

☐ 일출 보기   ☐ 벚꽃 축제   ☐ 불꽃 축제

☐ 찜질방   ☐ 해외여행   ☐ 눈사람 만들기

☐ 커플 염색   ☐ 워터파크   ☐ 피크닉 가기

☐ 놀이공원   ☐ 번지점프   ☐ 커플링 만들기

☐ 온천   ☐ 사주 궁합 보기   ☐ 백화점에서 쇼핑

그 이외 하고 싶은 것은

_____

_____

_____

데이트를 하기 전에 반드시 하는 일은

_____

데이트를 마치고 집에 돌아와서 제일 먼저 하는 일은

_____

커플 BINGO

꽃 선물하기	손 편지 쓰기	전화 2시간 이상하기	방구트기
옷 바꿔 입기	커플티 입기	여행가기	요리 해주기
놀이공원 가기	궁합 보기	캠핑 가기	내기 하기
핸드폰 배경화면에 애인사진 등록하기	이벤트 해주기	깜짝 선물하기	커플반지 하기

내가 좋아하는 영화 장르는

☐ 독립영화　　☐ 드라마　　☐ SF

☐ 가족　　☐ 범죄　　☐ 스릴러

☐ 다큐멘터리　　☐ 액션　　☐ 추리

☐ 뮤지컬　　☐ 판타지　　☐ 코미디

☐ 개그　　☐ 스포츠　　☐ 에로

☐ 사극　　☐ 공포　　☐ 로맨스

☐ 애니메이션　　☐ 성장물　　☐ 예술

함께 보고 싶은 영화 3가지는

1. _____

2. _____

3. _____

함께 보고 싶은 드라마는

_____

너와 하고 싶은 커플 아이템은

☐ 반지   ☐ 팔찌   ☐ 목걸이

☐ 신발   ☐ 모자   ☐ 커플티

☐ 귀마개   ☐ 목도리   ☐ 장갑

☐ 속옷   ☐ 귀걸이   ☐ 바지

그 이외 하고 싶은 것은

_____

계절별로 하고 싶은 것은

봄

_____

여름

_____

가을

_____

겨울

_____

커플 밸런스 게임

(동그라미로 표시해보세요.)

Q. 이 중에 그나마 더 나은 데이트는

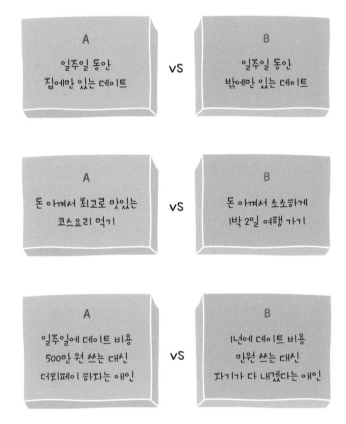

A		B
일주일 동안 집에만 있는 데이트	vs	일주일 동안 밖에만 있는 데이트
돈 아껴서 최고로 맛있는 코스요리 먹기	vs	돈 아껴서 소소하게 1박 2일 여행 가기
일주일에 데이트 비용 500만 원 쓰는 대신 더치페이 하자는 애인	vs	1년에 데이트 비용 만원 쓰는 대신 자기가 다 내겠다는 애인

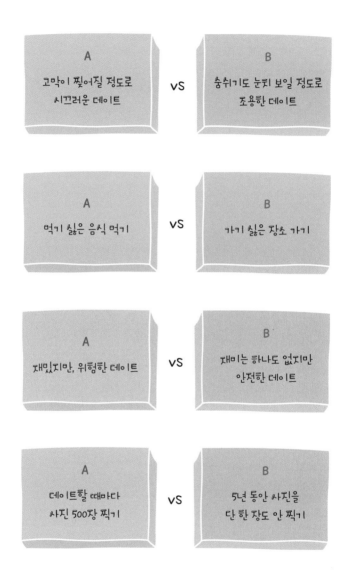

A
고막이 찢어질 정도로
시끄러운 데이트

vs

B
숨쉬기도 눈치 보일 정도로
조용한 데이트

A
먹기 싫은 음식 먹기

vs

B
가기 싫은 장소 가기

A
재밌지만, 위험한 데이트

vs

B
재미는 하나도 없지만
안전한 데이트

A
데이트할 때마다
사진 500장 찍기

vs

B
5년 동안 사진을
단 한 장도 안 찍기

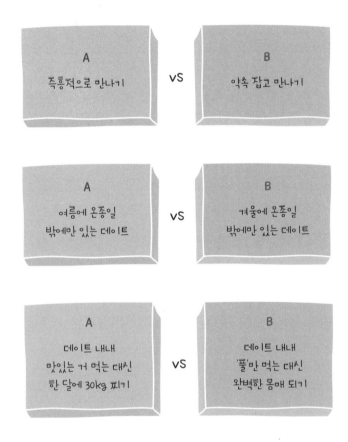

A
즉흥적으로 만나기

vs

B
약속 잡고 만나기

A
여름에 온종일
밖에만 있는 데이트

vs

B
겨울에 온종일
밖에만 있는 데이트

A
데이트 내내
맛있는 거 먹는 대신
한 달에 30kg 찌기

vs

B
데이트 내내
'풀'만 먹는 대신
완벽한 몸매 되기

우리의 소중한 추억들

(사진을 붙이거나 그림을 그려보세요)

쉬어가는 Time!

높은 곳에서 아기를 낳으면?

(   )

고기 먹을 때마다 따라오는 개는?

(   )

할아버지가 좋아하는 돈은?

(   )

호주의 돈은?

(   )

물고기의 반대말은?

(   )

신사가 자기 소개할 때 쓰는 말은?

(   )

답: 하이에나, 이쑤시개, 할머니, 호주머니, 불고기, 신사임당

상상의 나래를 펼쳐보자 !

―――――――― ♡ ――――――――

너와 함께 가고 싶은 나라는

☐ 일본	☐ 독일	☐ 프랑스
☐ 인도	☐ 캐나다	☐ 그리스
☐ 미국	☐ 스페인	☐ 터키
☐ 스위스	☐ 네덜란드	☐ 벨기에
☐ 호주	☐ 칠레	☐ 노르웨이
☐ 이스라엘	☐ 이탈리아	☐ 영국
☐ 멕시코	☐ 핀란드	☐ 폴란드
☐ 스웨덴	☐ 뉴질랜드	☐ 러시아
☐ 베트남	☐ 중국	☐ 브라질

그 이외 가고 싶은 나라는

가고 싶은 신혼여행지는

내가 꿈꾸는 결혼 생활의 모습은

내가 꿈꾸는 완벽한 하루는

_____

_____

_____

내일 지구가 멸망한다면 하고 싶은 것은

_____

_____

_____

서로의 몸이 바뀐다면 하고 싶은 것은

_____

_____

_____

무인도에 단둘이 갇히면 하고 싶은 것은

너의 이름으로 짓는 삼행시는

:

:

:

너에게 지어주는 시는

커플 밸런스 게임

(동그라미로 표시해보세요.)

Q. 이 중에 더 나은 것은

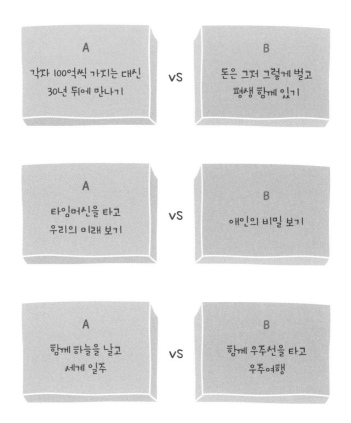

A
각자 100억씩 가지는 대신
30년 뒤에 만나기

vs

B
돈은 그저 그렇게 벌고
평생 함께 있기

A
타임머신을 타고
우리의 미래 보기

vs

B
애인의 비밀 보기

A
함께 하늘을 날고
세계 일주

vs

B
함께 우주선을 타고
우주여행

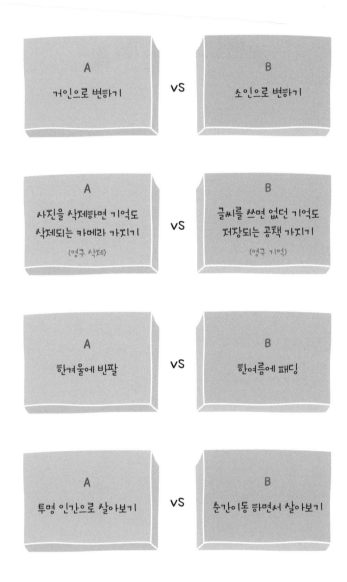

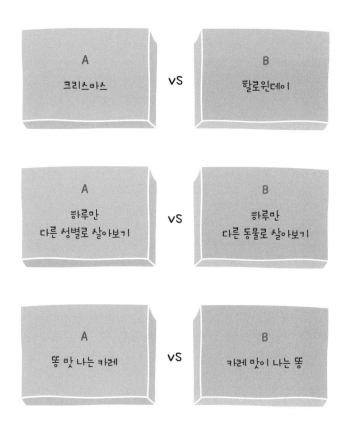

A
크리스마스

vs

B
할로윈데이

A
하루만
다른 성별로 살아보기

vs

B
하루만
다른 동물로 살아보기

A
똥 맛 나는 카레

vs

B
카레 맛이 나는 똥

쉬어가는 Time!

추장보다 높은 사람은?

(   )

왕이 넘어지면?

(   )

세상에서 가장 뜨거운 과일은?

(   )

텔레토비에서 뽀가 떠나면?

(   )

싸움을 가장 좋아하는 나라?

(   )

차를 발로 차면?

(   )

답: 고추장, 킹콩, 천도복숭아, 뽀빠이, 칠레, 카놀라유

두근두근, 생각만 해도

─────────── ♡ ───────────

너에게 들려주고 싶은 노래 3가지는

1. _____

2. _____

3. _____

너를 처음 봤을 때 들었던 생각은

_____

너를 처음 봤을 때 했던 말은

_____

고백했을 때 했던 말은

고백했던 장소는

고백했을 때의 공기와 온도는

고백했을 때의 분위기는

내가 가장 좋아하는 스킨십은

_____

너에게 가장 설렜던 순간은

1. _____

2. _____

3. _____

너에게 받았던 최고의 문자는

_____

너에게 받았던 최고의 선물은

_____

우리의 사계절

(사진을 붙이거나 그림을 그려보세요)

봄	여름
가을	겨울

함께여서 행복했던 순간은

1. _____

2. _____

3. _____

내가 알고 있는 너의 비밀은

_____

네가 모르는 나만의 비밀은

_____

혼자 있을 때 네 생각이 유독 많이 나는 순간은

1. _____

2. _____

3. _____

함께 있을 때 가장 편안했던 순간은

_____

우리가 가장 즐거워하는 일 3가지는

1. _____

2. _____

3. _____

너에게만 치고 싶은 장난은

___

네가 알지 못하는 나의 취향은

☐ 짬뽕　vs　☐ 짜장면　　☐ 단발　vs　☐ 장발

☐ 액션　vs　☐ 멜로　　☐ 하얀색　vs　☐ 검은색

☐ 바다　vs　☐ 산　　☐ 청순　vs　☐ 섹시

☐ 고양이　vs　☐ 강아지　　☐ 대중가요　vs　☐ 인디밴드

☐ 사랑　vs　☐ 우정　　☐ 푼 머리　vs　☐ 묶은 머리

☐ 꽃　vs　☐ 풀　　☐ 돼지고기　vs　☐ 소고기

☐ 부먹　vs　☐ 찍먹　　☐ 콜라　vs　☐ 사이다

☐ 집밥　vs　☐ 외식　　☐ 커피　vs　☐ 물

우리가 함께 갔던 장소는

(색칠해보세요)

우리의 O, X

O ·········· 내일 지구가 멸망한다면 너를 만나러 갈 것이다 ·········· X

O ·········· 이성 친구랑 여행을 간다고 하면 허락해줄 것이다 ·········· X

O ·········· 네가 만든 요리가 맛이 없더라도 다 먹을 것이다 ·········· X

O ·········· 이성 친구랑 여행을 간다고 하면 허락해줄 것이다 ·········· X

O ·········· 다시 태어나도 너를 만날 것이다 ·········· X

커플 밸런스 게임

(동그라미로 표시해보세요.)

Q. 이 중에 더 나은 것은

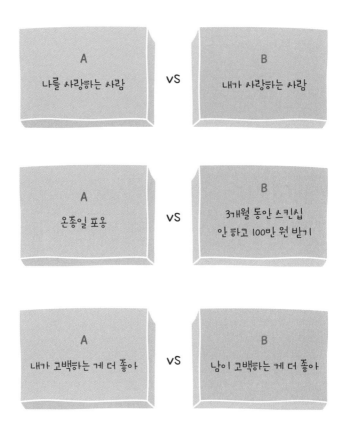

A
나를 사랑하는 사람

vs

B
내가 사랑하는 사람

A
온종일 포옹

vs

B
3개월 동안 스킨십
안 하고 100만 원 받기

A
내가 고백하는 게 더 좋아

vs

B
남이 고백하는 게 더 좋아

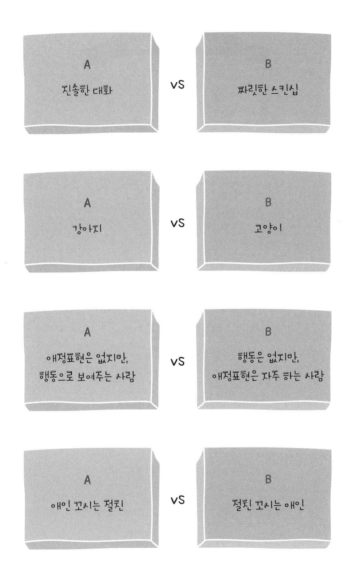

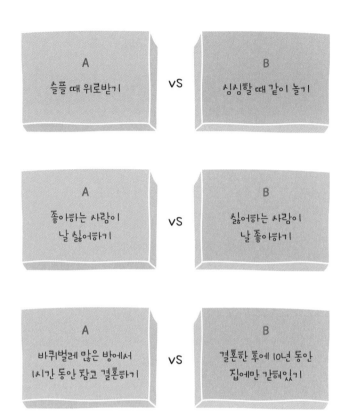

A
슬플 때 위로받기

vs

B
심심할 때 같이 놀기

A
좋아하는 사람이
날 싫어하기

vs

B
싫어하는 사람이
날 좋아하기

A
바퀴벌레 많은 방에서
1시간 동안 참고 결혼하기

vs

B
결혼한 후에 10년 동안
집에만 갇혀있기

쉬어가는 Time!

발이 두 개 달린 소는?

(   )

원숭이를 불에 구우면?

(   )

꽃가게 주인이 가장 싫어하는 나라는?

(   )

석유가 도착하는 데 걸리는 시간은?

(   )

제일 억울한 도형은?

(   )

다리미가 좋아하는 음식은?

(   )

답: 이발소, 구운몽, 시드니, 오일, 원통, 피자

갈등과 화해의 순간들

─────────── ♡ ───────────

너에게 가장 질투 났던 순간은

_____

너에게 가장 속상했던 순간은

_____

너에게 가장 미안했던 순간은

_____

우리가 다르다고 느꼈던 순간은

_____

우리의 혈액형 궁합은?

A형

생각이 깊고
배려심이 많으며
대체로 꼼꼼하고 성실하다.
그러나 한 번 삐지면 영원히
마음속에 간직하는 편이니,
되도록 이 연인을
서운하게 하지 말자.

B형

말보다는 행동으로 보여주는
진정한 행동파!
생각을 깊게 하지 않기 때문에
마음속에 담아두는 일이 없다.
하지만 이 유형은 화가 나면
그 누구보다 무서운 유형이니
시간을 가지고 나서
대화를 시도하자.

O형

서운하더라도 금방
털어낼 줄 알며,
기분이 좋으면 애교가 폭발한다.
그러나 이 유형은 한 번 마음이
돌아서면 다시는 회수하지
않으니 관계의 끈을 놓지
않도록 주의하자.

AB형

이성적이지만 동시에
감성적이며 형용할 수 없는
독특한 매력이 있다.
그러나 이 유형은 대화가
통하지 않는 상대에게는
매력을 느끼지 못하니
관심사를 알아내서
대화를 시도해보자.

A형♥A형 서로의 속마음을 그때그때 말하세요.

A형♥B형 자주 정이 떨어질 수 있으니 그때마다 초심을 기억하려고 노력하세요.

A형♥O형 화가 날 때 서로에게 막말하지 않도록 주의하세요.

A형♥AB형 의외로 갈등이 크게 없는 커플입니다.

B형♥B형 서로에게 조금 더 책임감을 느끼려고 노력하세요.

B형♥O형 가끔은 진지한 대화를 나누세요.

B형♥AB형 함께할 수 있는 취미를 만들어 보세요.

O형♥O형 헤어지기 전 한 번 더 기회를 주세요.

O형♥AB형 다양한 추억을 더 많이 만들어 보세요.

AB형♥AB형 거의 다툴 일이 없는 커플입니다.

속상할 때 가장 듣고 싶은 말은

1. _____

2. _____

3. _____

너와 다투고 난 후

☐ 시간을 가지고 싶어   vs   ☐ 바로 대화해서 풀고 싶어

되도록 안 했으면 하는 말은 (금기어 3가지)

1. _____

2. _____

3. _____

나를 위해 고쳐줬으면 좋은 점은

1. _____

2. _____

3. _____

너를 위해 고치려고 노력하는 점은

1. _____

2. _____

3. _____

만일 우리에게 권태기가 온다면 극복할 방법은

1. _____

2. _____

3. _____

만일 우리가 만나지 않았다면 어떤 삶을 살고 있을까

나 : _____

너 : _____

나의 기분을 풀게 만드는 비법은

1. _____

2. _____

3. _____

너의 기분을 풀어주는 나만의 노하우는

1. _____

2. _____

3. _____

너에게 가장 듣고 싶은 칭찬은

1. _____

2. _____

3. _____

너와 함께 해보고 싶은 취미는

☐ 게임　　　　　☐ 운동　　　　　☐ 작곡

☐ 도예　　　　　☐ 퍼즐　　　　　☐ 바느질

☐ 요리　　　　　☐ 식물 키우기　☐ 글쓰기

☐ 수영　　　　　☐ 춤　　　　　　☐ 십자수

☐ 뜨개질　　　　☐ 가죽공예　　　☐ 레고조립

☐ 악기연주　　　☐ 영화 보기　　☐ 독서

☐ 요가　　　　　☐ 낚시　　　　　☐ 암벽등반

☐ 캘리그라피　　☐ 스키　　　　　☐ 배드민턴

☐ 바둑　　　　　☐ 오목　　　　　☐ 체스

☐ 자전거　　　　☐ 골프　　　　　☐ 그림

☐ 탁구　　　　　☐ 서핑　　　　　☐ 요가

☐ 명상　　　　　☐ 사진찍기　　　☐ 비즈 공예

내가 연애할 때 가장 중요하게 생각하는 것은

_____

사랑받는다고 느꼈던 순간은

1. _____

2. _____

3. _____

네가 했던 말 중 가장 듣기 좋았던 말은

1. _____

2. _____

3. _____

내가 인정할 만한 너의 장점은

1. _____

2. _____

3. _____

내가 생각하는 너의 매력은

☐ 목소리가 좋다 ☐ 섹시하다 ☐ 인성이 좋다

☐ 도도하다 ☐ 4차원이다 ☐ 과묵하다

☐ 단아하다 ☐ 지적이다 ☐ 상냥하다

☐ 배려심이 있다 ☐ 엉뚱하다 ☐ 외모가 훌륭하다

☐ 상큼하다 ☐ 귀엽다 ☐ 신비스럽다

☐ 똑똑하다 ☐ 몸매가 좋다 ☐ 터프하다

☐ 다정하다 ☐ 조신하다 ☐ 친절하다

☐ 우아하다 ☐ 순수하다 ☐ 강인하다

☐ 발랄하다 ☐ 센스가 있다 ☐ 유머러스하다

☐ 감성적이다 ☐ 말을 잘한다 ☐ 책임감이 있다

그 이외 너의 반전 매력은

_____

_____

내가 가장 좋아하는 너의 모습은

1. _____

2. _____

3. _____

너에게 특히 배우고 싶은 점은

_____

함께 했던 희노애락(喜怒哀樂)의 순간은

희(喜): _____

노(怒): _____

애(哀): _____

락(樂): _____

커플 밸런스 게임

(동그라미로 표시해보세요.)

Q. 이 중에 더 나은 것은

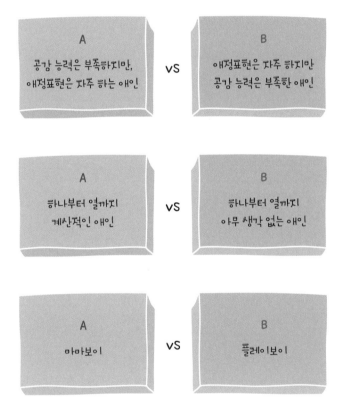

A

공감 능력은 부족하지만,
애정표현은 자주 하는 애인

vs

B

애정표현은 자주 하지만
공감 능력은 부족한 애인

A

하나부터 열까지
계산적인 애인

vs

B

하나부터 열까지
아무 생각 없는 애인

A

마마보이

vs

B

플레이보이

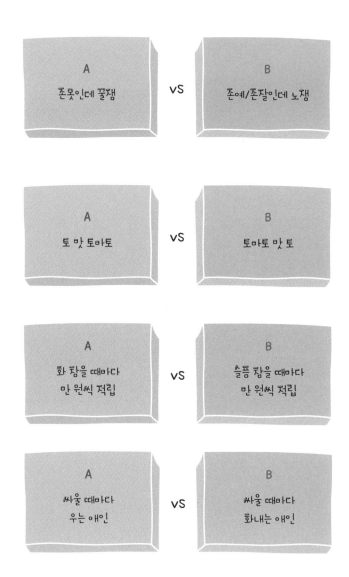

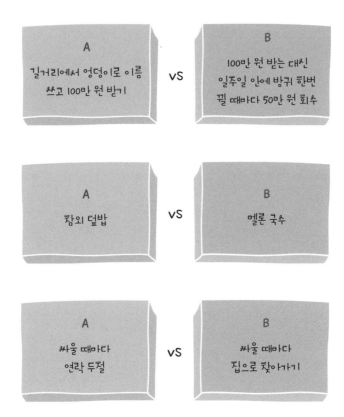

쉬어가는 Time!

밥 먹고 살기 위해서 꼭 해야 하는 내기

(   )

아프지도 않는데 매일 쓰는 약

(   )

사람이 늘 소지하고 있는 흉기는

(   )

옥수수가 시험 보면

(   )

먹으면 저절로 웃게 되는 죽

(   )

창으로 찌르려고 할 때 쓰는 말

(   )

답: 모내기, 치약, 머리칼, 콘테스트, 히죽, 창피해

그 누구보다 특별한 우리

―――――――― ♡ ――――――――

내가 생각하는 우리 둘의 공통점은

1. _____

2. _____

3. _____

우리 커플만의 특별한 점은

_____

내가 생각하는 우리의 모습은

(그림을 그려보세요.)

우리 커플을 대표하는 색은

☐ 빨간색   ☐ 주황색   ☐ 노란색

☐ 초록색   ☐ 파란색   **☐ 남색**

☐ 보라색   ☐ 분홍색   ☐ 민트색

☐ 검은색   ☐ 하얀색   ☐ 하늘색

이유는

_____

우리의 MBTI 성격유형은?

(해당란에 체크해보세요.)

예시

①
| 혼자 있는 게
편해!
(I) | 사람들과
같이 있는 게
좋아!
(E) |

②
| 상상력이
풍부해
(N) | 현실적인
편이야
(S) |

③
| 감성적인 편
(F) | 이성적인 편
(T) |

④
| 즉흥적인 게
좋아
(P) | 계획적인 게
좋아
(J) |

= ENFJ

①

혼자 있는 게 편해! (I)	사람들과 같이 있는 게 좋아! (E)

②

상상력이 풍부해 (N)	현실적인 편이야 (S)

③

감성적인 편 (F)	이성적인 편 (T)

④

즉흥적인 게 좋아 (P)	계획적인 게 좋아 (J)

나는 (　　　　) ♥ 너는 (　　　　)

결과

INFP 특징

감수성과 상상력이 풍부한 여린 마음의 소유자.

이 유형은 상상력이 풍부해서 중립적인 상황에서도 지나치게 걱정을
많이 한다. 그러나 특유의 감성으로 사람의 마음을 따뜻하게 녹이는 핫
초코 같은 매력이 있다.

ENFP 특징

어디로 튈지 모르는 탱탱볼 같은 매력의 소유자.

발랄하고 깜찍하지만 진지한 분위기를 싫어해서 갈등 상황이 생기면
차분하게 대화하지 못하기도 한다. 그러나 그런데도 불구하고 이들은
밝은 모습으로 연인을 웃게 만든다.

INTP 특징

이성적이고 논리적인 인간 로봇.

이 유형은 지적이고 매력적이지만 감성적인 면이 부족하여 자칫 연인
을 서운하게 만들 수 있다. 연인의 입장에서 공감해주고 이해해주며 배
려하는 모습을 보일 것!

ENTP 특징

내 말이 틀렸다고? 어디 증명해보시지! 열정적인 토론가!

이 유형은 두뇌 회전이 빨라 마음만 먹으면 뭐든지 해낸다. 그러나 이
유형은 연인에게 싸움닭처럼 덤벼들 가능성이 있어 말을 하기 전에 신
중하게 생각하는 것이 중요하다.

INFJ 특징

인생이란 무엇일까? 심오한 생각을 즐기는 방황의 아이콘!

속 깊고 생각이 많아 타인을 잘 배려해주지만 정작 본인의 속마음을 말하기는 무서워한다. 진정한 관계는 솔직한 소통에서부터 오는 것임을 기억해야 한다.

ENFJ 특징

인간 댕댕이 납시오! 인정이 넘치는 박애주의자

사람을 좋아하고 애정이 넘치지만, 때로는 자신이 좋아하는 사람을 지나치게 이상화하여 나중에 실망하기도 한다. 세상에 완벽한 사람은 없다는 것을 기억하자.

INTJ 특징

조금은 고독하고 똑똑한 인간 AI

이론적이고 이성적이지만 감정표현이 서툴러서 연인과의 정서적 교류가 부족할 수 있으니, 애정표현을 하도록 노력해야 한다.

ENTJ 특징

이대로 진행 합시다. 이견 없으시죠? 타고난 지도자형!

리더십이 있고 일하는 것을 좋아하지만, 때로는 일에 너무 집중한 나머지 연인에게 소홀할 수 있다. 일과 사랑 모두 놓지 않는다면 당신은 최고의 애인이 될 수 있을 것이다.

ISFP 특징

몽글몽글, 구름처럼 폭신한 평화주의자!

하자는 대로 다 할 것만 같은 이 유형은 '착하다'는 평가를 자주 듣지만, 때로는 자신의 의견을 말하는 연습이 필요하다.

ESFP 특징

휴일엔 무조건 밖에 나가서 노는 인기 만점 형!

활동적이고 쾌활하며 정이 많지만, 유흥에 빠져 밤늦게까지 술을 마신다거나 클럽을 가는 등 연인을 걱정하게 할 만한 행동은 자제하는 것이 좋다.

ISTP 특징

나는 모든 것을 다 보고 있다! 시크한 관찰러

과묵하고 시크하지만 내 사람에게는 따뜻하려고 노력한다. 그러나 가끔은 게으른 면이 있어서 연락이 잘 안 되는 경우가 있다.

ESTP 특징

쿨하고 활동적인 행동파!

간섭을 싫어하고 자유분방한 면이 있어 애인을 불안하게 하는 면이 있다. 관계에 좀 더 책임감을 느끼려고 노력해야 한다.

ISFJ 특징

날개 없는 천사가 있다면 이 유형일지도..!

책임감과 인내심이 있으며 타인에게 맞춰주는 것을 편하게 생각한다. 하지만 가끔은 자신의 감정을 제때 표현하려고 노력해야 한다.

ESFJ 특징

친절하고 사교적인 외교관!

이 유형은 사회성이 풍부하고 정이 많다. 그래서 자신이 상대에게 헌신을 다 하는 만큼 상대도 자신에게 헌신해주기를 바란다. 그러나 기대는 실망을 낳는 법이니 상대에 대한 기대를 조금 줄여볼 것.

ISTJ 특징

철두철미한 인간 계산기!

근면 성실해서 한번 시작한 일을 끝까지 해내는 유형이다. 그러나 이들은 화를 지나치게 참는 경향이 있어 쌓이면 한꺼번에 폭발하므로 화를 쌓아두지 않는 것이 중요하다.

ESTJ 특징

냉철하고 엄격한 관리자형!

똑똑하고 유능한 이 유형은 감정을 드러내는 것을 매우 어색해한다. 그러나 연인과의 관계에서 가장 중요한 것은 '정서적 교류'라는 것을 잊지 말아야 한다.

우리를 비유하는 음악 장르는

☐ 인디밴드 ☐ 힙합 ☐ 헤비메탈

☐ 대중음악 ☐ EDM ☐ 발라드

☐ R&B ☐ 재즈 ☐ 클래식

☐ 뉴에이지 ☐ 밴드 ☐ 트로트

이유는

우리의 이름 궁합표

첫 번째 자음		두 번째 자음		세 번째 자음	
ㄱ	귀엽고	ㄱ	수상한	ㄱ	변태
ㄴ	똑똑하고	ㄴ	도도한	ㄴ	사이코
ㄷ	인기 많고	ㄷ	우울한	ㄷ	천재
ㄹ	잘 웃고	ㄹ	유혹적인	ㄹ	얼짱
ㅁ	센스 있고	ㅁ	매너 있는	ㅁ	멍청이
ㅂ	착하고	ㅂ	모자란	ㅂ	괴짜
ㅅ	선하고	ㅅ	재미없는	ㅅ	바보
ㅇ	나른하고	ㅇ	완벽한	ㅇ	노예
ㅈ	순수하고	ㅈ	섹시한	ㅈ	몸짱
ㅊ	밝고	ㅊ	매력 있는	ㅊ	괴물
ㅋ	재밌고	ㅋ	열정적인	ㅋ	죄수
ㅌ	친절하고	ㅌ	냉정한	ㅌ	신
ㅍ	따뜻하고	ㅍ	불안한	ㅍ	펭귄
ㅎ	포근하고	ㅎ	고독한	ㅎ	스님

(예: 김명자 → ㄱ, ㅁ, ㅈ → 귀엽고 매너 있는 몸짱)

나는

_____

너는

_____

113

Q. 이 중에 더 나은 것은

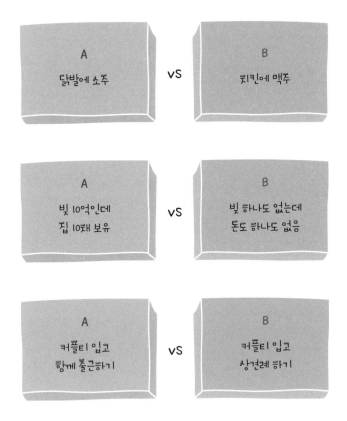

A	vs	B
닭발에 소주		치킨에 맥주
빚 10억인데 집 10채 보유		빚 하나도 없는데 돈도 하나도 없음
커플티 입고 함께 출근하기		커플티 입고 상견례 하기

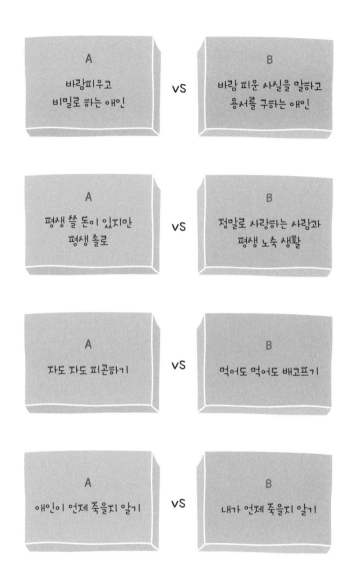

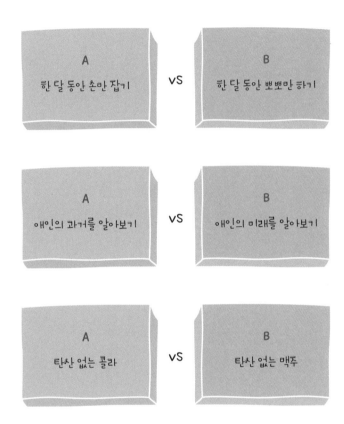

A
한 달 동안 손만 잡기

vs

B
한 달 동안 뽀뽀만 하기

A
애인의 과거를 알아보기

vs

B
애인의 미래를 알아보기

A
탄산 없는 콜라

vs

B
탄산 없는 맥주

쉬어가는 Time!

이상한 사람들만 가는 곳은?

(   )

비가 자기소개할 때 하는 말은?

(   )

도둑이 가장 싫어하는 아이스크림은?

(   )

세상에서 가장 장사를 잘하는 동물은?

(   )

세 사람만 탈 수 있는 차는?

(   )

광부가 가장 많은 나라는?

(   )

답: 치과, 나비야, 누가바, 판다, 인삼차, 케냐

그중에 제일은 사랑이라

내가 공감하는 사랑 명언은

□ "인생에 있어서 최고의 행복은

　　우리가 사랑받고 있음을 확신하는 것이다."

-빅터 위고

□ "얼마나 많이 주느냐보다

　　얼마나 많은 사랑을 담느냐가 중요하다."

-마더 테레사

□ "사랑 받고 싶다면 사랑하라,

　그리고 사랑스럽게 행동하라."

-벤자민 프랭클린

□ "낱말 하나가 삶의 모든

　무게와 고통에서 우리를 해방시킨다.

　그 말은 사랑이다."

-소포클레스

□ "한 방울의 사랑은

　지성의 바다보다 거대하다"

-파스칼

그 이외 내가 생각하는 사랑이란

_____

너를 사랑한다고 느꼈던 순간은

1. _____

2. _____

3. _____

너로 인해 변한 점은

1. _____

2. _____

3. _____

너를 향한 나의 소원은

_____

네가 유독 사랑스러운 순간은

1. _____

2. _____

3. _____

가장 기억에 남는 추억은

1. _____

2. _____

3. _____

너에게 가장 고마웠던 순간은

1. _____

2. _____

3. _____

내가 너를 사랑하는 이유는

_____

_____

_____

_____

마지막으로
너에게 하고 싶은 말

그여자
그남자
탐구 생활

펴 낸 날   2021년 2월 25일 초판 1쇄

지 은 이   주서윤
펴 낸 이   박지민
책임편집   주서윤
책임미술   롬 디
일러스트   민 선
마 케 팅   박종천, 박지환

펴 낸 곳   모모북스
          서울특별시 동대문구 왕산로81, 203-1호(두산베어스 타워)
          전화 010-5297-8303 팩스 02-6013-8303
          등록번호 2019년 03월 21일 제2019-000010호
          e-mail pj1419@naver.com

ⓒ 주서윤, 2021
ISBN 979-11-90408-14-1 04800